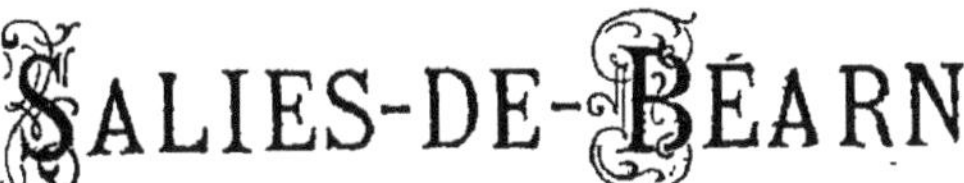

SALIES-DE-BÉARN

GUIDE CONSEILLER
DU BAIGNEUR

PAR

W. GILL

PRIX: 1 FR. 50

PARIS

LIBRAIRIE GÉNÉRALE. — Dépôt central des Editeurs

72, Boulevard Haussmann, 72

SALIES-DE-BÉARN

GUIDE-CONSEILLER DU BAIGNEUR

Ce guide n'est pas ce que sont en général les *guides*
dans les stations thermales. Leur rôle habituel est de pro-
mener l'étranger à travers les curiosités du pays. Tantôt
c'est un monument plus ou moins archéologique, tantôt
un site pittoresque qu'il vous fait admirer avec lui. Chaque pli de terrain devient, sous son doigt, un vallon dé-
licieux ; chaque chûte d'eau, une ravissante cascade. Après
avoir épuisé les *merveilles* qu'il a sous la main, il vous
transporte et vous fait circuler, comme dans un domaine
qui lui appartient, à des distances toujours amoindries,
mais que vos jambes ou votre bourse se chargent de
ramener à leur appréciation véritable.

A Salies, rien de tout cela : car, d'abord, il n'y a pas
de curiosités ; — ou, s'il y en a, on ne s'en vante guère, —
et, ensuite, on ne vient pas à Salies pour s'y amuser ;
on n'y vient que pour guérir. Mais, au moins y guérit-
on ? Oui, pourvu qu'on en prenne la bonne voie : et
cette *bonne voie,* c'est notre *petit guide* qui se charge
de l'indiquer. — Œuvre, s'il en fut, pleine de périls
pour lui. — Car il sait qu'il va devoir dissiper bien des

illusions ; battre en brèche des préjugés invétérés ; froisser, à chaque pas, les prétentions locales ; et, ce qui est grave par dessus tout, entamer une masse d'intérêts individuels. Il le sent à l'avance, mille malédictions vont tomber sur sa tête, à mesure que s'égrèneront les vérités qu'il a à dire, et auxquelles il faut bien laisser une partie de leur nudité.

Chose étrange pourtant ! Ceux-là même qui le maudiront le plus, seront toujours obligés d'avouer qu'il a raison. Ce sera pour lui une consolation qui, toute platonique qu'elle est, le soutiendra cependant dans son entreprise audacieuse. Et puis, il faut bien savoir braver quelque chose pour ces pauvres étrangers, qui viennent de bien loin, essayer, — et l'essai ne se fait pas gratis, — de relever, à Salies, leur santé délabrée. Au reste, il se pourrait bien que l'exposé vrai de la situation produisît autre chose que la colère. Si, par exemple, une fois par exception, on s'avisait de profiter des coups de férule, et de corriger ce qui est corrigeable !...

Hé bien ! va de l'avant petit guide ! Dis-nous de Salies tout le mal que tu sais... Mais j'y pense... Dis-nous en d'abord un peu de bien : ça fera passer le reste.

LES EAUX DE SALIES

Quelles sont les vertus curatives des Eaux de Salies-de-Béarn ?

Elles ont été déjà si savamment énumérées, que je ne veux pas perdre mon temps à vous le dire. On compte un nombre respectable de maladies pour lesquelles ces eaux sont souveraines : à mon avis, il serait plus expéditif et plus vrai, de compter celles pour lesquelles elles ne le sont pas. Je ne veux faire à ce sujet, qu'une observation qui, dépouillée de toutes les obscurités qu'entraînent après elles les expressions techniques, sera plus facilement saisie. Voici cette observation.

D'après les expériences tous les jours renouvelées, on peut dire que le principe de presque tous les dérangement des organes humains réside dans le saug. En d'autres termes, presque toutes les maladies viennent d'un vice originel ou accidentel du sang. Or, l'analyse et la décomposition des eaux de Salies ont montré, qu'il n'y a pas au monde d'agent naturel, qui puisse exercer sur le sang humain, une action aussi décisive et aussi efficace que la leur. On serait donc, au premier coup, amené à conclure, qu'il n'y presque pas de maladies dans lesquelles on ne puisse les ordonner. Et de fait, c'est par centaines, par milliers peut-être, que l'on compte, non pas seulement des soulagements, des atténuations dans des maladies rebelles à toute espèce de traitement, mais des guérisons radicales qui tiennent comme du prodige. On a vu des corps perclus dans tous leurs membres recouvrer, à Salies, leurs mouvements et leur souplesse; des déviations même graves subir des redressements inespérés.

Assurément, il y aurait de la folie à vouloir présenter l'eau de Salies comme une *panacée* : mais cela ne nous empêchera pas de dire, qu'elle est vraiment merveilleuse. Le dosage de ses parties constituantes se trouve opéré avec tant de précision, le choix des éléments est à ce point heureux et intelligent, qu'on est tenté de les attribuer à des manipulations savantes. C'est à faire croire que cette eau est élaborée par quelque génie bienfaisant occupé, dans les entrailles de la terre, à combattre ces éternels ennemis de tout ce qui vit, les maladies et la mort.

Je bornerai là mes renseignements sur la nature et les propriétés des eaux de Salies, vous engageant si vous en désirez de plus amples, à lire en entier, la notice médicale du docteur Dupourqué, médecin inspecteur de l'établissement — 1884. Vous trouverez dans cette brochure: 1º Les diverses analyses qui ont été faites sur les eaux de Salies, par les chimistes les plus distingués et surtout celle que l'on doit au docteur Garrigou ; 2º Les observations cliniques qu'il a recueillies pendant le cours de sa laborieuse carrière. — Je veux pourtant en extraire, pour vous la mettre sous les yeux la citation ci-dessous.

« Comparées avec les eaux similaires de la France et « de l'Etranger, les eaux de Salies occupent le premier « rang et défient toute concurrence. Ainsi, tandis que « Kreusnach la plus fréquentée des chlorurées-sodiques « de l'Allemagne, ne renferme que 12,1819 de sels, et « tandis qu'en France, Salins dans le Jura, n'en renfer- « me que près de 30, Salies-de-Béarn en contient 258. « De même que pour les eaux-mères, où la proportion « est de 487,9 pour mille à Salies-de-Béarn, alors qu'elle « est 316 à Kreusnach et 257 à Salins. Une prépodéran- « ce incontestable existe donc au profit de Salies et dé- « montre surabondamment que, sans se laisser entraî- « ner à l'Etranger par une vogue peu justifiée, les tribu- « taires des sources chlorurées-sodiques, sont sûrs de « trouver parmi nous des eaux bien supérieures à toutes « leurs congénères ».

Après ce que nous venons de dire, on serait certaine- ment en droit de s'étonner que Salies soit encore, pour ainsi dire, dans son enfance, comme station balnéaire.

Il y a plus de vingt-cinq ans que son établissement est ouvert au public et fonctionne régulièrement, à l'instar des autres établissements des Pyrénées, et néanmoins la colonie étrangère qui le fréquente demeure assez restreinte. D'où vient cela? La réputation des eaux de Salies s'est étendue bien loin ; il arrive des baigneurs, non seulement de toutes les parties de l'Europe, mais encore de l'Amérique et jusque des îles de l'Océanie. Les plus fameux médecins de Paris et d'ailleurs ne cessent de préconiser leur efficacité; et malgré tout, les progrès en clientèle sont très-lents et très-peu sensibles d'année en année. Quelle est la raison de cette anomalie? Je vais vous la dire; et c'est ici, je vous en avertis, que je commencerai à mal parler de Salies.

INCURIE LOCALE

D'abord, jusqu'à ces cinq ou six dernières années, la ville n'avait pas de quoi loger les étrangers. Il n'y avait que les logements du vieux Salies que tout le monde connaît. Les rares baigneurs qui s'y étaient aventurés une fois, en revenaient écœurés. *Il se peut*, disaient-ils à ceux qui leur en demandaient des nouvelles, *il se peut que vous y guérissiez de votre maladie, mais vous aurez de la chance, si vous n'y mourez pas de faim ou d'asphyxie.*

Aujourd'hui on a bâti des maisons nouvelles ; on a essayé d'approprier les anciennes : à la rigueur on pourrait dire que, dans ce moment, les logements tels quels répondent, *pour le nombre*, aux exigences de la station qui a pris quelque importance depuis ces améliorations rudimentaires. Mais ce petit progrès lui-même, dû uniquement à l'initiative de quelques particuliers en quête de spéculations lucratives, a mis en relief une autre lacune à laquelle on devait fatalement être acculé un jour ou l'autre, et que personne n'avait cherché à prévoir ni à prévenir. Voilà que l'eau est venue à manquer... L'eau salée, la fortune de Salies, la seule chose qu'il y eût d'irréprochable jusque là, était insuffisante pour le nombre des baigneurs. Un léger accroissement dans le concours des étrangers... et voici toutes les administrations sur les dents.

L'eau manque donc : Que faire ? Retourner le miracle de Cana?... Le Salisien ne le permettra jamais. Il aime bien son eau, mais il préfère le vin : cherchez autre chose. D'aucuns disent — il y a des mauvaises langues partout — qu'on fit alors comme chez le père Nicolas quand il voit arriver plus de clients que n'en attendait la marmite. On fit... comment disent-ils donc ?... allonger le potage.

Moi je crois qu'il arriva simplement ce qui arrive toujours quand on veut tirer d'une mamelle plus de lait qu'elle n'en contient. A force de pressurer, on finit par faire venir... ce qui n'est pas du lait. Ce qu'on peut dire, en toute vérité, c'est que l'eau salée n'était plus la même: elle n'avait pas les degrés réglementaires. Aussi le client, qui s'en aperçut bien vite, commença à murmurer, à menacer. C'est la vie ou la mort... Alors, le couteau sur la gorge, on se décide, après mainte délibération, maint avis et maint caquetage, dont les Salisiens n'ont jamais été avares, on se décide à faire une saignée à la bourse... des autres.

Revenez, baigneurs, revenez : vous aurez de l'eau tant que vous voudrez, et de l'eau authentique cette fois. Il en vient des torrents : Nous avons pour cela, creusé les vallées, perforé les monts, fait sauter les rails, enjambé les rivières, pillé nos voisins.

Oui ! mais que ferez-vous de toute cette eau ? Sans doute la déverser dans ces grands trous qui bordent l'usine, et, à la place des grenouilles qui s'y baignent actuellement pour rien, vous y jetterez les nouveaux arrivants qui, eux, bien entendu, continueront à bien payer. Ce serait, en effet, une idée lumineuse et profitable que la construction d'une immense baignoire phalanstérienne, qui économiserait les frais de ces cabines dispendieuses désormais inutiles.

Qui ne le voit? l'augmentation de l'eau salée ne fera faire à la station de Salies qu'un pas très indécis : On va trotter sur place. Aujourd'hui comme hier, comme toujours, on se trouve nez-à-nez avec une nouvelle conséquence de cette traditionnelle incurie salisienne. Les thermes sont insuffisants ! Qu'on le veuille ou qu'on ne le veuille pas, il faudra les reconstruire pour une multitude de raisons. En attendant, criez bien haut, baigneurs, qu'on vous construise des cabines en nombre suffisant. Si on ne peut les faire en pierre de taille, qu'on les fasse en bois. Croyez-moi, malades, il ne vous vaut rien de rester des heures entières à attendre votre tour, dans cette salle des pas-perdus. Moi qui me porte comme le pont-neuf, je ne subirais pas longtemps, impunément, l'air qu'on respire en ces lieux.

L'EAU A BOIRE

Qui peut mettre en doute l'influence de l'eau sur l'économie animale en général, et sur celle de l'homme en particulier ? L'eau se trouve en très grande proportion dans la composition des aliments les plus solides en apparence. Les légumes en renferment 80 parties sur 100. L'eau, peut-on dire, entre pour les *trois quarts* dans l'alimentation du corps humain. De la nature de l'eau dépend donc, en très grande partie, la santé du corps, puisqu'elle reçoit ses influences des aliments absorbés par les organes. Si on use de la bonne eau, le corps se portera bien au point de vue de la nutrition, si on emploie de la mauvaise eau, il souffrira par ce seul fait.

Il faut observer, que je fais ici abstraction des diverses hypothèses qui se sont fait jour en ces derniers temps, sur le mode de production, de propagation et d'inoculation des maladies. Si j'entrais dans cet ordre d'idées, il me faudrait faire des observations autrement graves. Si, par exemple, j'admettais la théorie de certaines célébrités médicales, qui font de l'eau le véhicule naturel des principes morbides, j'aurais à donner à l'examen de cette question des développements qui feraient réfléchir bien des gens. Et, sans pénétrer dans ce domaine problématique des microbes, n'avons-nous pas comme parfaitement démontrée l'influence, tantôt bienfaisante, et tantôt funeste de l'eau, suivant qu'elle tienne telle ou telle matière en combinaison ou en dissolution ? Le fer, par exemple, la rend tonique ; l'eau ferrugineuse combat puissamment l'anémie ; l'acide carbonique fait les eaux gazeuses, les rend légères et digestibles. Dans certains cantons de la Suisse, la seule influence de l'eau produit très souvent des goîtres, même chez les naturels du pays.

Mais je ne veux ici me placer qu'au point de vue général de l'hygiène, et je dis : Dès le moment que l'eau entre en si grande proportion dans notre alimentation, il est de toute importance qu'elle soit de bonne qualité.

Or j'avance qu'à Salies, dans la ville, on n'a pas de
la bonne eau ; on n'en a pas de potable. Je vais même plus
loin. Etant donnée la disposition topographique du bassin
qui compose les trois quarts de la ville, je soutiens qu'on
ne peut y extraire des sous-sols que des eaux corrompues
par les infiltrations des couches supérieures. Pour s'en
convaincre, il n'y a qu'à jeter un coup d'œil sur cette espèce d'entonnoir sans issue, au fond duquel s'entasse une
population beaucoup trop nombreuse et surtout trop peu
habituée à se plier aux règles de l'hygiène et de la pro-
preté. Je sais bien que si on creusait assez profondément
dans le sol, on atteindrait des réservoirs d'eau qui seraient
à peu près à l'abri des infiltrations supérieures. Mais, malheureusement, quand on descend trop bas, on arrive à la
nappe d'eau salée. A ce point, il ne reste que la ressource
de percer ces nappes ainsi que les gisements du sel gemme qui leur servent de fondement, et d'établir de la sorte
un véritable puits artésien, ce qui serait possible, mais très
dispendieux, et dès lors sans chance d'être entrepris par
nos parcimonieux édiles.

En attendant, ce qu'il y a d'indéniable, c'est que l'eau à
boire manque complètement à Salies. C'est vraiment un
spectacle triste autant que ridicule de voir, pendant tout
l'été, les maisons les plus haut huppées abreuver leurs pen-
sionnaires avec un liquide pour le moins douteux, que des
bêtes de somme s'en vont quérir de ci de là, au petit
bonheur, à des distances très grandes. Et dans quels vases
grands Dieux !... Il est vrai que si ces ignobles tonneaux
ne sont pas propres quand on les emplit, ils ne peuvent
manquer de l'être lorsqu'on les vide. Les innombrables ca-
hotements de l'affreuse carriole, sur les chemins ravinés
qu'elle traverse, ont dû passablement les rincer. Pauvres
délicates miss blondes ! Dire que c'est là l'eau *pioure*

que vous allez contempler et boire dans vos coupes de mousseline!!....

Et encore cette eau; si suspecte qu'elle soit, on ne l'a pas toujours. Si l'eau potable n'existe pas dans la ville de Salies, dans la banlieue, on n'en a pas à discrétion. Elle est bel et bien rationnée, pendant la saison. Ces réservoirs auxiliaires ne sont ouverts que tant d'heures par jour. Il faut courir avant la fermeture du robinet, comme on court avant le glissement du guichet à la poste. C'est là que vous en verrez de ces queues interminables de femmes de ménage, attendant depuis l'aube, des heures, des matinées entières, que leur tour soit arrivé. Combien qui se retirent bredouille! Au moment où il leur est enfin donné d'approcher de la source tant désirée, il ne coule plus rien. Car n'allez pas vous imaginer que ces dites fontaines soient autre chose que des trous creusés par la nature, où l'eau est venue s'offrir d'elle-même. Pauvres femmes! Combien n'en voit-on pas alors se jeter à la rivière... pour y remplir leur cruche, au risque de se faire écraser par les chevaux qui s'y abreuvent !

CLIMAT DE SALIES

Ce tableau paraîtra certainement fantaisiste à celui qui ne l'a pas vu de ses yeux. Et pourtant ce n'est pas même toute la vérité. Tout guide que je suis, et en dépit de l'intégrité professionnelle, je n'ose pas la dire entière.

Mais alors, qu'est-ce que c'est que votre Salies ? où loge donc cette ville phénomène ? Sous quelle latitude pourrai-je la piquer sur ma carte ? Sans doute dans quelque pays aride, inhospitalier, comme qui dirait, dans un désert du Sahara. Le sol n'en doit être qu'un amas de sable brûlé qui boit la pluie du ciel et ne présente qué toutes les cent lieues, aux caravanes altérées, la source bienfaisante de la fraîche oasis.

Détrompez-vous, Salies est, sinon sous le rapport pittoresque, du moins sous le rapport climatérique, la station la plus favorisée du Midi. Placée à égale distance des montagnes et de l'Océan, elle reçoit tous les bienfaits de ces bons voisinages, sans en ressentir les inconvénients. Elle n'a ni les froids précoces, intenses et prolongés des plateaux engagés dans les hauts massifs des Pyrénées, ni les pernicieuses et fréquentes perturbations atmosphériques des côtes. La montagne, tout en la protégeant contre les vents trop chauds dn Sud, lui renvoie, pendant le jour, la fraîcheur de son versant septentrional toujours vert, et la nuit, la brise de mer, peut, avant de mourir, caresser les pampres de ses coteaux. Ce n'est donc pas certes comme climat que Salies peut donner lieu aux récriminations : Dans son ensemble c'est un beau pays. Sa campagne agréablement accidentée, débouche sur deux charmantes vallées qui lui servent comme d'encadrement. A droite, c'est le gave de Pau, à gauche celui d'Oloron et à quelque distance plus bas, leur superbe jonction et leur chute combinée dans l'Adour.

Sous le rapport physiologique, c'est un pays exceptionnellement sain. Les affections pulmonaires y sont très rares, et je suis persuadé que beaucoup de phthisiques y trouveraient soulagement et guérison.

Mais c'est un autre point de vue qui nous occupe ici spécialement. Disons, pour y revenir, que le sol de Salies est éminemment *aquifère*. La nature et la stratification de ses couches sont on ne peut plus favorables à la distillation naturelle des eaux et à la captation des courants souterrains. La ville,comme nous l'avons déjà remarqué, est dans un entonnoir, et par conséquent son niveau étant plus bas que presque tous les terrains environnants, rien ne serait plus facile que d'y amener toutes les eaux qui filtrent sur les versants tributaires.

Nous comptons revenir sur cette question et la compléter, à l'article des *eaux minérales*. Mais, d'ores et déjà, il est nécessaire que les étrangers sachent que, si Salies meurt de soif, c'est qu'il ne veut pas seulement tendre la main, se baisser, pour ouvrir les nombreux réservoirs qui s'emplissent et se vident inutilement sous ses pieds.

UN PEU DE MÉDECINE

Ah! s'il était aussi facile, à Salies, d'avoir du bon air, de l'air respirable, cet autre élément indispensable, le plus indispensable à la vie de l'homme !

La respiration est l'acte naturel qui nous est le plus familier : c'est aussi le plus important de la vie animale. Bien peu de gens cependant seraient en état d'en expliquer le mécanisme intéressant, et moins encore d'en indiquer la fonction. Ce ne sera donc pas sans intérêt qu'on en lira ici une description sommaire, qui entre tout à fait dans notre sujet, comme on verra par la suite. Nous le ferons en n'employant que les termes les plus usuels, et en n'empruntant au répertoire de la science, que le moins d'expressions possible.

Considérée sous son aspect le plus superficiel, la respi_ration est l'ensemble des mouvements mécaniques de notre corps, par lesquels l'air extérieur est alternativement absorbé et rejeté par un organe spécial appelé les *poumons*.

Considérée d'une manière plus intime, dans ses effets sur l'économie entière de l'être vivant, la respiration peut être définie : l'ensemble des opérations chimiques par lesquelles, le sang vient se renouveler périodiquement au contact de l'air extérieur, pour aller entretenir dans les tissus du corps, le mouvement et la vie.

On voit déjà, par cette double définition, combien nous avions raison de dire, au commencement de cet article, que l'air est l'élément le plus indispensable à la vie. Il est même plus nécessaire que les aliments. On peut vivre quelque temps sans boire ni manger. Certains estomacs ont pu résister *vingt jours* et plus à un jeûne complet. Jamais personne n'a pu rester *cinq minutes* sans respirer. Nous sommes cette flamme légère, qui brille tant que l'huile vient alimenter la mèche de la lampe; dès que l'huile vient à s'épuiser, la flamme pâlit et meurt. — L'huile de notre lampe, c'est l'air.

Le mouvement de la respiration est double : celui par lequel l'air est introduit du dehors dans les poumons, s'appelle *inspiration* : celui par lequel l'air est chassé des poumons au dehors, s'appelle *expiration*.

MÉCANISME DES POUMONS

Comment l'air s'introduit-il dans les poumons ? — Les poumons sont composés d'une substance spongieuse et compressible qui, depuis le premier moment de l'existence, a reçu l'impulsion initiale d'un mouvement continu et alternatif de dilatation et de compression. Dans leur mouvement de dilatation, les poumons augmentent de volume et forcent la boîte osseuse qui les renferme, appelée *thorax*, à se dilater aussi. Cette dilatation produit, dans la masse des poumons, une infinité de petits vides dans de petits alvéoles qui, se trouvant par un canal appelé *trachée artère*, en communication avec la bouche et l'air extérieur, se remplissent instantanément de cet air. Mais l'air emprisonné dans les poumons, est bientôt soumis à la seconde alternative du double mouvement. Les poumons dilatés par leur élasticité propre, se compriment, selon la loi de la réaction et chassent, en partie, au dehors, l'air d'abord absorbé par inspiration.

Voilà le phénomène purement mécanique.

Divers auteurs expliquent le mécanisme [d'une autre façon. Ils attribuent la dilatation initiale, non pas aux poumons, mais bien à l'enveloppe thoracique. Celle-ci entraînant, dans son développement, la surface extérieure des poumons, produit dans leur masse les vides cellulaires dont nous avons parlé. Quoiqu'il en soit de ces deux hypothèses, l'explication du phénomène reste la même quant aux effets.

DÉCOMPOSITION DE L'AIR

Examinons maintenant ce qui se passe, pendant la double opération de l'inspiration et de l'expiration. L'air sort-il des poumons tel qu'il y est entré ? Il s'en faut de beaucoup.

L'air de l'atmosphère, à son état normal, est composé de deux substances, *l'oxygène* et *l'azote*. Ces deux corps y sont combinés dans les proportions suivantes : Pour 100 litres d'air, il y a 21 litres d'oxygène et 79 litres d'azote. C'est dans cet état que l'air est introduit dans les poumons. Mais à sa sortie, il se trouve avoir subi des modifications considérables. Il a perdu une partie de son oxygène, qui a été remplacé par une quantité à peu près égale d'*acide carbonique*. La diminution de l'oxygène est de 5 pour cent.

De manière qu'il reste bien établi, qu'un sujet enlève à l'air ambiant, à chaque inspiration, 5 pour cent d'oxygène et y jette, à chaque expiration, 5 pour cent d'acide carbonique. Mais que sont devenus les 5 pour cent d'oxygène, et d'où proviennent les 5 pour cent d'acide carbonique qui les remplacent ?

C'est ici que nous touchons au travail intime de la respiration. Ce n'est plus des mouvements mécaniques et physiques que nous aurons à constater, mais de véritables transformations, des pénétrations et des assimilations chimiques.

LE SANG — CIRCULATION

Si personne n'ignore que le premier effet de l'air respiré est d'entretenir le mouvement de nos poumons, première condition mécanique de la vie, tout le monde ne sait peut-être pas que l'effet final de la respiration est de maintenir, à l'état naturel, le sang qui circule dans notre corps. Il serait inexact de dire que l'air fait le sang ; il est le résultat de l'élaboration des aliments, dans l'appareil digestif. Mais, c'est bien l'air, et *l'air seul*, qui donne au sang ses propriétés vitales, qui les lui renouvelle à chaque instant, et l'empêche de devenir un poison foudroyant pour le corps qu'il doit soutenir et animer. Qu'est-ce donc que le sang ?

Il est difficile de dire au juste sa composition. Par l'analyse on y trouve de tout : Des gaz, soit à l'état simple, soit en combinaison : *Oxygène, hydrogène, acide carbonique* etc. ; des sels, *chlorures, sulfates carbonates*, etc ; des métaux, fer, cuivre, plomb, etc., et une foule d'autres compositions d'éléments anatomiques. Quand il est extrait du corps, il se sépare en deux parties, l'une liquide appelée *serum*, l'autre coagulée qui surnage dans le serum et que l'on appelle communément *caillot*.

Mais nous n'avons à le considérer, ici, qu'en tant qu'il reste dans les vaisseaux du corps humain. Il se divise alors en deux parties bien distinctes : Le sang *artériel* et le sang *veineux*. Voici l'explication de ces deux termes.

La fonction spéciale du sang est de couler continuellement à travers le corps, avec une vitesse qui varie selon l'âge des individus et leur état de santé. Le cœur est le laboratoire, ou tout au moins le réservoir, d'où le sang paraît prendre sa direction vers les extrémités de tous les membres, par des conduits qu'on appelle *artères*, et vers lequel il revient par des conduits tout différents qu'on appelle *veines*. Ce mouvement continu et en quelque sorte circulaire s'appelle la *circulation du sang*. Le sang s'appelle *artériel* pendant tout le temps qu'il met à parcourir les artères, c'est le temps du *départ* ; il s'appelle *veineux* pendant le temps qu'il met à parcourir les veines, c'est le temps du retour. Et on a d'autant plus de raison de faire cette distinction en deux temps, que le sang est véritablement d'une nature différente pendant ces deux trajets de la circulation. A son départ du cœur, il renferme une partie notable d'oxygène, que des expériences concluantes ont permis de déterminer ; mais les mêmes expériences ont fait connaître qu'à son retour dans le réservoir, le sang a perdu une certaine quantité d'oxygène, qui a été remplacé par une quantité équivalente d'acide carbonique.

C'est le moment de rapprocher le phénomène de la circulation du sang et celui de la respiration, entre lesquels on devine déjà une corrélation.

RENOUVELLEMENT DU SANG — HÉMATOSE

Nous avons vu plus haut, que l'air inspiré perdait dans les poumons 5 pour cent d'oxygène et gagnait à peu près 5 pour cent d'acide carbonique. Cette perte de 5 pour cent d'oxygène subie par l'air dans le premier temps de la respiration, correspond au premier temps de la circulation qui est le sang artériel. Et le gain de 5 pour cent d'acide carbonique au profit de l'air expiré, correspond au second temps de la circulation qui est le sang veineux. Il se fait donc un échange entre le sang et l'air des poumons, et voici comment il s'opère.

Le sang en partant du cœur pour se rendre aux extrémités des organes, et réciproquement, en revenant des organes vers le cœur, passe contre la membrane qui sert d'enveloppe aux poumons. Comme cette membrane est très mince et éminemment perméable, il se fait à travers son tissu, entre le sang et l'air renfermé dans les alvéoles un échange perpétuel. Le sang artériel prend à l'air une partie de son oxygène, et l'air prend au sang veineux une partie de son acide carbonique. C'est cette substitution qui est appelée *hématose* ou *renouvellement du sang*. — Disons pour être complet, que l'oxygène pris à l'air est employé, par le sang artériel, à aller entretenir la vie dans les tissus du corps. Ce travail mystérieux serait une véritable combustion, dont le résidu, l'acide carbonique, charrié par le sang veineux, est rejeté par l'expiration.

De très récentes expériences, dont la plupart sont dues à Paul Bert, ont prouvé que la connexité et la corrélation entre l'hématose et la respiration sont telles, que, les désordres survenus dans l'une se transmettent instantanément à l'autre. Ainsi dès le moment que l'air extérieur ne peut pas entrer dans les poumons, ou bien si l'air qui y pénètre est vicié, l'hématose est arrêtée en tout ou en partie, et il y a immédiatement *asphyxie* complète ou partielle, selon le temps pendant lequel l'air est supprimé ou vicié.

ASPHYXIE

L'*Asphyxie* est donc, l'arrêt subit du renouvellement du sang, par suite de la suppression de l'air dans les poumons. Il y en a de trois espèces.

1o Asphyxie par *gaz délétères*, comme l'acide *sulphydrique, l'oxyde de carbone*. C'est plutôt un véritable empoisonnement : les gaz délétères agissent en désorganisant les viscères, autant qu'en empêchant le fonctionnement des poumons.

2⁰ Asphyxie par défaut d'air : Elle se produit, par exemple, pour les noyés qui périssent, principalement parce que la respiration ne peut pas avoir lieu dans le liquide où ils sont plongés ; pour ceux qui meurent par strangulation ou par suite de maladies interceptant les voies respiratoires. La corde, en serrant la trachée artère au cou des pendus, empêche l'air d'arriver dans leurs poumons ; le croup n'est si foudroyant que parce qu'il produit une membrane qui, à un moment donné, ferme hermétiquement la gorge des petits enfants et les empêche de respirer. Enfin dans un endroit où l'air ne peut pas se renouveler, un rassemblement de plusieurs personnes rendra l'air si rare, que les poumons ne pourront plus trouver l'oxygène nécessaire au renouvellement du sang.

3⁰ Asphyxie par absorption de *gaz irrespirables*, comme l'acide carbonique. Nous avons vu que le sang et les poumons le rejettent, au lieu de l'absorber. — Ce genre d'asphyxie peut se produire comme le précédent, au milieu d'un rassemblement de personnes dans un espace non aéré. Chacune d'elles est un foyer producteur d'acide carbonique : après quelque temps leur atmosphère en devient saturée, et leurs poumons n'ont plus à aspirer que des gaz asphyxiants.

APPLIQUONS NOTRE SCIENCE

Quelle est la conclusion à tirer de ce que nous venons de dire ? La voici :

La première condition pour vivre, c'est de se tenir *sans cesse* dans un lieu où il y ait, non seulement de l'air en quantité suffisante, mais encore un air exempt de tout gaz délétère, ou irrespirable. — Combien de temps pourrait-on rester, sans respirer de l'air ou en respirant de l'air impropre au fonctionnement des poumons ? C'est là une question assez difficile à résoudre, parce que peu de personnes seraient d'humeur à faire ces sortes d'expériences. Mais on sait que, pour les gaz délétères, ils peuvent produire la mort d'une façon *foudroyante*. Le gaz acide sulphydrique par exemple, quand il est pur, donne la mort *instantanément*. L'air fortement imprégné d'acide carbonique a tué en moins de *dix minutes*. Or pour la privation absolue d'air, nous l'avons déjà dit, personne encore n'a pu la supporter pendant *cinq minutes*.

Mais, sans nous arrêter plus qu'il ne faut à ces cas, heureusement rares, où la respiration peut subir des perturbations radicales et subites, établissons le niveau moyen de la composition de l'air qui doit alimenter nos poumons, à l'état normal.

D'après ce que nous avons vu, tout être humain exhale, à chaque expiration, une certaine quantité d'acide carbonique. Cette quantité est évaluée à 20 litres par heure. C'est donc 20 litres d'acide carbonique que chacun de nous jette, par heure, dans l'air ambiant. Or il est communément admis, qu'il suffit d'une proportion de 4 pour *mille* de ce gaz pour vicier l'air et le rendre nuisible. D'où il résulte, qu'en tenant compte de diverses autres décompositions de l'air, chaque personne doit pouvoir disposer de *10 mètres cubes d'air pur par heure*, pour se trouver dans des conditions normales de vitalité.

Retenons avec soin cette dernière observation, pour pouvoir bien apprécier ce qui va suivre, et comprendre l'importance des avis que ma qualité de *guide* me forcera à vous donner. — Observons aussi, avant d'aller plus loin, que les effets désastreux d'une mauvaise alimentation des poumons, peuvent ne pas se traduire toujours par des oppressions ou des malaises, dans le fonctionnement des organes respiratoires ; mais qu'ils ne manquent jamais de se faire sentir par les défectuosités qu'elle produit dans le renouvellement du sang.

Ces défectuosités sont le principe immédiat de l'*anémie*, qui n'est autre chose que l'appauvrissement du sang.

LE VIEUX SALIES

Nous voici revenus à notre sujet, après une digression, un peu longue peut-être, mais certainement très nécessaire. — Nous avons à présent un petit bagage de science médicale : servons-nous en pour porter un œil scrutateur sur le terrain où nous sommes engagés. Voyons si Salies se trouve dans les conditions hygiéniques voulues, pour qu'il puisse promettre, en toute vérité, aux malades qui lui demandent force et santé, de leur en donner pour leur argent. — Y a-t-il d'abord des gaz délétères ?

Malheureusement, la science qui a inventé des instruments pour tout, n'en a pas trouvé, pour vérifier l'air atmosphérique en grande masse, ni pour signaler, d'une manière prompte et précise, les substances nuisibles qui s'y tiennent en suspension. On peut reconnaître ce qui falsifie le vin, ce qui altère le lait et les autres liquides, mais pour l'air, il échappe à notre contrôle ; on ne peut le juger que par l'impression qu'il produit sur nos organes. — Ah ! le bon air ! Dites-vous, quand vous sentez vos poumons se dilater sous un souffle pur et caressant, que vous humez avec délices. J'étouffe.... gémit-on, dans une atmosphère viciée qui vous étreint, et qui vous oblige, vous ne savez pourquoi, à précipiter les mouvements de votre poitrine, comme ceux d'un soufflet crevé.

Mais nous n'avons guère besoin d'instrument pour constater, que Salies doit certainement renfermer de nombreux réservoirs, de vrais laboratoires de gaz délétères. Voyez d'abord sa position topographique ; comme elle est déplorable ! Bâti sur les bords, et souvent *perché* au-dessus du plus vilain ruisseau qu'il soit possible d'imaginer, il occupe précisément l'endroit de la vallée ou le sol, cessant de s'incliner, ne peut permettre aux eaux de courir assez vivement pour se laver elles-mêmes.

Certaines personnes, à Salies, détournent les baigneurs de faire des excursions à Labastide — Villefranche, village situé à 6 ou 7 kilomètres, très pittoresque d'ailleurs, mais soumis, prétendent-elles, aux influences malsaines de marais environnants. Voilà bien qui est, *parler de corde chez un pendu*. Tout le monde convient assurément que les marais, ou réservoirs d'eau croupissante produisent, surtout sous l'action combinée des chaleurs solaires et de l'humidité, des exhalaisons très préjudiciables à la santé, et qu'on appelle *miasmes*. Mais à ce compte-là, Salies n'aurait à médire d'aucune des localités voisines.

A partir de l'établissement thermal, y compris l'établissement lui-même, qui se trouve environné et comme pénétré par des marécages imparfaitement desséchés, le terrain sur lequel s'étend, pendant deux kilomètres, le

lit tortuenx où dort le paresseux Saleys, se compose
de couches argilo-vaseuses singulièrement favorables aux
plantes aquatiques. Aussi ce quartier, appelé, *Ribourdés*,
a-t-il été dévasté et presque dépeuplé par les fièvres
paludéennes. Cela ne peut paraître étonnant, quand on
sait les réactions qui s'opèrent entre l'eau salée et l'eau
douce qui viennent à se mêler, en formant des flaques
stagnantes. Il se dégage constamment de ces réservoirs
malsains une quantité considérable d'hydrogène sulfuré.
Ce gaz, excessivement dangereux, est produit par la décomposition des matières organiques en contact avec les
sels de l'eau salée, et forme une atmosphère qui, se
trouvant spécifiquement plus lourde que celle de l'air,
flotte presque à la surface de la terre. Mais à l'entrée
de la nuit, à l'heure où la brise de l'ouest sillonne le
vallon, tous ces miasmes sont poussés vers la ville, et
se dissolvant dans les vapeurs aqueuses des bas-fonds,
vont s'abattre jusque sur les promenades et le parc, ou
les pauvres étrangers sont allés chercher de l'air et de
la fraîcheur.

Et, remarquez qu'il ne s'agit pas ici de gaz viciant
l'air seulement et le rendant impropre à la respiration :
il s'agit de gaz délétères, qui, comme nous l'avons dit
plus haut, agissent à la façon de dissolvants sur l'économie animale, qui sont en un mot de vrais poisons.—
Un coup d'œil, baigneurs, aux alentours de l'établissement et de l'usine à sel. Vous verrez peut-être que tout
n'y est pas conforme aux lois de l'hygiène. Demandez
qu'on assainisse ces terrains vagues et submergés qui,
s'ils ne sont pas de vrais marais, ne forment pas non
plus, j'imagine un *sanatorium*. Priez qu'on fasse disparaître ces pièces d'eau, qui ne peuvent avoir de valeur que pour les batraciens qui les habitent. On a vou-

lu simuler des lacs : mais puisque les lacs de Labastide qui, ceux-là, sont de vrais *lacs*, creusés par la main de la nature, sont si dangereux, pourquoi. vous les impose-t-on à Salies ?

En attendant que ces travaux d'assainissement s'exécutent, ce qui demandera peut-être du temps, évitez d'aller trop respirer dans ces lieux. Les constitutions robustes y trouvent quelquefois du poison et souvent un appauvrissement de sang. Et vous n'avez pas une constitution robuste, ni un sang bien généreux, puisque vous êtes ici.

INTERRUPTION A GAUCHE

» Mais vous êtes injuste, cher guide ! — C'est un
» Saliphile qui interrompt. — A part ce que vous di-
» tes des alentours de l'établissement, qui peut-être
» laissent à désirer, je remarque, que vous reprochez à Sa-
» lies un mal auquel personne ne peut rémédier. N'a-
» vez-vous pas dit vous-même, que ce mal était une
» conséquence de sa condition topographique ? — Quant
» au quartier Ribourdés, vous dites qu'il est maréca-
» geux : qu'il y a des fièvres paludéennes.... Cela était
» vrai, il y a quelque temps. Mais aujourd'hui, depuis
» que *Chose* a fait des rigoles, que *Machin* a com-
» mencé à drainer.... Au reste, Ribourdés c'est la ban-
» lieue. — Soit.

ENTRONS EN VILLE

Attention ! baigneurs ! nous sommes en ville. Continuons notre examen. Remarquons d'abord ceci : La ville de Salies, dans sa partie compacte, ne mesure guère plus de *cinq à six cents* mètres, sur tous ses diamètres. C'est dans cet espace restreint que vit une population fixe de 4 à 5 mille habitants, augmentée pendant la saison, de la population flottante des étrangers. Ce n'est pas tout : L'air, dans Salies ne peut évidemment se renouveler que très difficilement, pour les raisons suivantes :

1o Salies est bâti au fond d'un entonnoir.

2o Les rues, à part deux ou trois, où l'on peut passer en voiture, à condition que les piétons se tapissent contre les murs, sont tellement étroites que chaque propriétaire peut se battre à coup de poings avec son vis-à-vis, sans sortir de chez lui. C'est drôle, mais c'est tout.

3o Ces rues sont tellement tortueuses et enchevêtrées l'une dans l'autre, qu'on doit considérer les trois quarts des maisons agglomérées comme n'en formant qu'une seule.

Recourons maintenant à notre petit bagage de notions médicales, pour nous rendre compte de ce qui doit se passer là-dedans. Rappelons ce que chacune de ces *quatre mille* poitrines absorbe d'oxygène, à chaque inspiration, et ce quelle rend en acide carbonique, par chaque expiration. Sans grand effort d'imagination, on se représentera le tableau que voici.

L'acide carbonique, étant presque le double plus pesant que l'air, et se trouvant emprisonné dans ces dédales de rues sans issue, ne peut s'épandre dans l'atmosphère ni se fondre avec toute la masse, faute d'agitation et de courant d'air: Il se forme alors, à hauteur d'homme, un milieu des plus viciés. Le même air qui sort d'une poitrine rentre dans la poitrine du voisin, sans avoir repris l'oxygène qui lui manque, ni élagué l'acide carbonique qui le surcharge, et surtout sans avoir déposé les *miasmes* que toute respiration exhale, principalement chez les individus qui n'ont pas les organes intérieurs jeunes et sains. Car il faut respirer, coûte que coûte. Si on n'a pas du bon air à sa portée, on aspire le mauvais. Nous l'avons déjà vu, en hygiène générale *10 mètres cubes d'air pur par heure* sont nécessaires à toute bonne respiration. Pauvres malades ! que restera-t-il pour vous ?

Ne m'accusez pas d'exagération, pour le tableau que je viens de présenter. Si vous me traitiez trop mal, je pourrais-être tenté d'en dire davantage. Vous avez dû voir, qu'en passant dans certains endroits, ma foi, assez peu clairsemés, nous avons pris nos précautions, mon client et moi, pour pouvoir assurer charitablement que nous n'avons pas senti grand'chose. Tenez-nous donc compte de notre réserve relative, et nous continuerons à passer là-dessus avec toute l'indulgence compatible avec le devoir; nous faisant à nous-même ce raisonnement : S'il est vrai, comme on l'assure, que l'état actuel des rues de Salies est encore un luxe auprès de ce qu'elles étaient autrefois, estimons-nous heureux de nous en tirer à si bon marché. Mais nous ne pouvons nous empêcher de dire, au moins d'un façon sommaire, notre façon de penser, au risque d'être désagréable à quelqu'un.

Franchement ! non ! Salies, le vieux Salies ne réunit pas, il s'en faut de beaucoup, les conditions voulues, je ne dis pas d'hygiène spéciale à l'usage des malades, mais d'hygiène élémentaire, indispensable à toute personne saine et qui veut conserver sa santé.

ENCORE UNE INTERRUPTION

» En voilà des blagues ! Eh ! dis-donc le guide !
» T'imagines-tu guider des ânes ? A qui feras-tu croire que
» Salies est si malsain ? A t'entendre, on pourrait se
» figurer qu'on meurt ici comme des mouches dans du
» savon.... Et pourtant on ne s'y porte pas beaucoup
» plus mal qu'ailleurs. On pourrait bien t'en donner
» quelque preuve, lorsque tu iras t'aventurer dans cer-
» tains coins obscurs de ces rues.....

C'est notre Saliphile de tout à l'heure. Il est un peu
vif. Et puis il ne faut pas trop lui en vouloir : c'est
dur à entendre, parfois, la vérité, savez-vous !

Pour prouver que je lui pardonne, je vais répondre
à son objection. Elle a sa valeur : je me la suis faite
moi-même. J'ai dit quelquefois : comment se fait-il
qu'il n'y ait pas plus de mortalité à Salies ? J'ai entendu donner l'explication suivante par quelqu'un d'ordinaire sérieux et toujours très compétent.

Il disait : Cette race d'hommes qui, depuis une dizaine
de générations, vit sur ce sol étrange, et dans des conditions si défavorables, s'y est fait une organisation à part,
qui la met à l'abri des morsures des microbes divers qui
doivent y pulluler. — C'est égal : Ce n'est pas rassurant
pour l'étranger. Lui, arrivé de frais, n'a pas eu le temps
de se faire une cuirasse, contre ces carnassiers invisibles.
Il doit craindre avec raison de voir ces anthropophages
aériens se jeter sur son épiderme, pour se dédommager
du jeûne forcé autant que séculaire imposé à leurs dents
microscopiques, par la coriacité des gens du pays.

Baigneurs, croyez-moi. Si vous voulez guérir à Salies ;
que dis-je ? Si voulez ne pas y voir aggraver votre
mal, choisissez un logement qui ait de l'air, beaucoup
d'air, de l'air pur et souvent renouvelé. Le vieux Salies
ne peut vous le donner, pas même dans ses *maisons
d'or*.

LA LÉGENDE DE SALIES

Il y a donc décidément un vieux et un nouveau
Salies ?

Oui; il y a le *vieux* et le *nouveau* Salies. Le vieux
Salies est apparent : il est là, il ne peut se nier. Malheureusement le nouveau Salies, son correctif, n'existe
qu'à l'état d'embryon. Il s'affirme cependant déjà, et ses
premiers jalons sont plantés, ce semble, pour me donner
raison. Car voyez, il fait effort pour se séparer du vieux ;
il s'éloigne de ce voisinage compromettant, et quand il
ne le peut en largeur, il l'essaie en hauteur. Il se dit:
Le vieux Salies était bien à sa place : C'était un bon
endroit pour y faire du sel : Mais pour s'y baigner!!..
Pourtant celui qui le découvrit et y fit le premier quar-
teron de sel s'y baigna aussi. C'était un porc.....
A propos! savez-vous la légende de Salies ? Que je vous
la conte.

C'était il y a quelque cinq cents ans. Un Seigneur
de Foix, qui était en même temps souverain du Béarn,
chassait aux environs d'Orthez. Un sanglier fut lancé
par sa meute, et sans doute la bête fut blessée mortel-
lement, car des paysans la trouvèrent morte, dans un
endroit alors tout-à-fait sauvage. Seulement, à leur grand

étonnement, ils s'aperçurent que l'animal était couvert comme d'une couche épaisse de glaçons. Ils ne tardèrent pas, en s'approchant, de constater que ces prétendus glaçons n'étaient autre chose que du sel cristallisé. On suivit alors une traînée blanche qui aboutissait, d'une part au sanglier, et de l'autre à une mare située à quelque distance et que la bête avait dû traverser. Cette mare contenait une eau saumâtre et fortement salée qui, exposée au soleil, laissait, par évaporation, une partie du sel qu'elle renfermait. — C'était la fontaine du Bayaà.

Ces pauvres gens enchantés de la trouvaille, s'installèrent autour de cette mare ; d'autres les imitèrent. Ce fut le berceau de Salies. — Pour qui voit les bizarres constructions de Salies, et l'amoncellement désordonné des maisons et des rues, autour de la fontaine salée, cette légende acquiert le caractère de la plus véridique histoire. Et de fait, les armes de la ville portent, entr'autres attributs, un sanglier mort, et au-dessous, cette devise « Se you nou'y èry mourt, arrés n'y bibéré. — Si je n'y étais mort, personne n'y vivrait. »

Voilà le vieux Salies. Il mérite bien certainement le respect, comme tout ce qui a beaucoup vécu. Mais puisqu'il prétend voler à de nouvelles destinées, puisque de vulgaire fabricant de sel, il veut devenir *fontaine de Jouvence*, rien de plus juste, ce me semble, qu'on lui demande de refaire un peu sa toilette.

Comment s'y prendre ? Ce n'est pas facile. Rajeunir un grison de *cinq cents ans !* Certains esprits par trop radicaux vont jusqu'à émettre l'idée, que cette transformation devrait se faire comme celle du *Phénix*, vous savez, cet oiseau curieux et rare qui renaît de ses cendres ? Ce n'est pas mon avis : Je ne voudrais rien prendre au vieux Salies, pas même ses cendres. Laissez-le donc vivre..... et mourir de sa belle mort. Au reste il a un ver à sa racine. L'eau salée qui l'a bâti, le démolira : Elle a été son berceau, elle sera sa tombe.

Examinez en effet chaque maison de la ville. Jusqu'à une certaine hauteur, les murs en sont mangés par un liquide corrosif qui, je l'espère du moins, n'en veut qu'aux pierres et ne s'attaque pas aux gens. Quelle est la nature de ce liquide dissolvant ? Je me le suis souvent demandé, surtout depuis que j'ai vu qu'il les entame toutes, même les plus récentes. même l'établissement. Est-ce de l'eau salée ? Est-ce de l'eau ordinaire ? Il est certain que, bâties dans la position où elles sont, les maisons de Salies doivent nécessairement suinter l'humidité. Elles sont toutes en contrebas des terrains environnants, et dès lors, les eaux qui arrivent aux fondations doivent naturellement chercher à remonter à leur point de départ, pour obéir à la double loi de la capillarité et des vases communicants.

Il y a des gens qui, supposant que ce liquide est vraiment de l'eau salée, bâtissent la-dessus une hypothèse assez naïve. D'après eux, la nappe d'eau salée qui occupe le sous-sol, enverrait continuellement, à travers la croûte supérieure, des vapeurs ou émanations salines, semblables à celles que la mer distille sur les plages : Ces émanations se répandant dans l'atmosphère, feraient de Salies, non plus un entonnoir malsain, mais une précieuse chambre d'inhalation, une gigantesque cabine de bains de *vapeur salée.*

C'est très joli. — Mais il faut savoir, sous peine de passer pour plus que naïf, que le sel ne s'évapore pas ; que c'est même à sa fixité qu'est dûe sa cristallisation au fond de la chaudière. Pas plus que les autres réservoirs d'eau salée, la mer ne laisse évaporer autre chose que l'eau pure, telle que nous la recevons par la pluie. L'air agréablement salin qu'on respire sur les côtes, est dû à une infinité de petites gouttelettes, que le choc incessant des vagues écumantes contre les berges, lance à tout moment dans les airs, et que la brise promène sur les terres environnantes sous forme de petits brouillards.

Non ! Il faut en prendre son parti. Dans le vieux Salies, il n'y a pas ce que l'on appelle vulgairement l'*étoffe* pour une ville d'Eaux. Les villes d'Eaux sont pour les malades et les faibles : Or les malades et les faibles ont besoin plus que personne, de ce qu'ils ne trouveront jamais dans le vieux Salies : De l'air pur, de l'espace, une altitude moyenne entre la lourde atmosphère des bas-fonds, et l'air trop vif et trop rare des hauts plateaux. En un mot, il faut continuer à construire le *Nouveau Salies*.

LA LANTERNE DE MON AMI

Sur quel emplacement ? Dans quelle direction ?

Trois artères principales partent de Salies. Celle qui forme la route de Peyrehorade, au nord-ouest ; celle qui suit la route de Sauveterre ; au sud, et celle qui longe la route nationale d'Orthez, au nord-est. C'est évidemment selon ces trois directions que se dessineront les grandes lignes du futur Salies, marquées déjà par de nombreux jalons. Il est certain aussi, que des points de jonction et des communications variées s'établiront entre ces grandes voies, aujourd'hui malheureusement isolées l'une de l'autre.

Laissez-moi vous faire part, ici, d'une aventure bizarre qui m'est arrivée et qui précisément se rapporte au sujet que nous traitons.

Un mien ami s'est beaucoup occupé de *spiritisme*. — On ne parle guère plus aujourd'hui de *tables tournantes*, d'*esprits frappeurs*, de *magnétisme* etc. Il y a une vingtaine d'années on ne parlait que de ça. — Ainsi fait le vulgaire : Il s'engoue et prend feu, en un moment, pour tout ce qui est nouveau. Il court particulièrement après le merveilleux, pendant une période plus ou moins fiévreuse. Puis, un beau jour, semblable à un enfant dégouté de son jouet, il laisse tomber à terre son fétiche, et se tourne vers une autre futilité. — Notre ami, quoique teinté d'un peu d'originalité, — il n'y a que les imbéciles qui se ressemblent — n'a pas agi de la sorte. Il a voulu voir ce qu'il y avait au fond de ce puits ténébreux. Armé des flambeaux plus ou moins phosphoriques que les savants de tous les âges, *nécromanciens*, *sorciers*, *astrologues* et *alchimistes* ont allumés sur leur chemin, il est descendu dans les labyrinthes et a scruté les *arcanes* de cette science terrible, qui côtoie les rives indécises de ces deux mondes si divers, la *matière* et l'*esprit*.

Je ne vous dirai pas par quelle route il a marché. Je n'ai pas eu la patience, ni peut-être le courage de suivre sa théorie sur les *mediums*. Je sais seulement qu'en réunissant les éléments recueillis dans le cours de ses curieuses expériences, il est arrivé à composer une machine véritablement étonnante.

C'est une espèce de *chambre noire*, dans laquelle une quantité considérable de miroirs et de lentilles se trouvent disposés, selon un arrangement par lui imaginé.

Cet appareil quoique raisonnablement compliqué, ne paraît pas cependant, au premier abord, différer beaucoup d'un objet d'optique ordinaire. Mais quand le doigt de l'inventeur a pressé un certain ressort, il se passe dans cette boîte des choses renversántes. Moi, qui n'ai jamais cru au magnétisme, ni à la puissance des mediums, j'y ai vu des scènes qui m'ont fait peur. Ainsi, il m'a montré des objets et des personnes dont j'étais séparé, non-seulement par des opacités impénétrables à l'œil matériel, comme des cloisons et des murs épais, mais encore par des distances de plusieurs lieues. Et ces choses, je les voyais si clairement, que c'était comme si j'y étais réellement auprès. Les positions respectives des objets, les mouvements des personnes, les accidents imprévus, tout s'y montrait dans la vérité, comme je pouvais ensuite le constater, quand je me transportais sur les lieux et que je me faisais rendre compte de ce qui s'y faisait, à tel jour, à telle heure.

» J'avais toujours cru, dis-je à mon ami, que cette
» propriété du fluide magnétique, de faire voir à travers
» les corps opaques, ne pouvait se manifester que par
» l'intermédiaire d'un corps humain, qui recevait pour
» la circonstance le nom de *sujet lucide, voyant* etc.

» En effet, me répondit-il, on le croit communément.
» Mais sachez que le fluide magnétique comme le fluide
» électrique, dont il ne diffère pas autant qu'on croit,
» existe en dehors de l'homme. Il agit même plus effi-
» cacement, quand on le prend à son état libre. L'as-
» trologie judiciaire a su le trouver bien plus haut
» que notre planète ou nos régions atmosphériques.
» Un jour il bouleversera le monde ».

Ces révélations piquant ma curiosité, je lui demandai si ce fluide magnétique était, à son avis, aussi naturel que le fluide électrique, ou bien s'il fallait recourir pour expliquer son existence, à l'intervention d'êtres parculiers, comme le prétendent des spirites.

A cette question, il devint moins communicatif : il balbutia une réponse évasive.... Je vis alors que, connaissant mon scepticisme, il ne voulait pas m'initier plus avant dans une science dont il savait que je me moquais assez ouvertement jusque-là.

« Peux-tu me montrer l'avenir ? » demandai-je alors par mode de diversion.

— » Ça dépend : — Il y a l'avenir libre.... l'avenir » continguent.... l'avenir....

— « Tiens ! lui dis-je montre-moi ce que sera Salies » en l'an 2388 ».

« Reviens dans trois jours ». — Je revins.

SALIES EN 2388

Pour vous décrire ce que je vis cette fois dans la lanterne, je devrais en avoir pris un croquis. Malheureusement je ne suis pas peintre. N'importe, je vais essayer, en remplaçant le crayon par la plume, de vous donner une idée du nouveau Salies tel que je le vis là-dedans.

Tirez une ligne à partir de l'abattoir jusqu'au marché au bétail, en passant par les jardins d'Andioque. Du marché au bétail, traversez la route de Sauveterre, passez au pied de la côte de St-Martin et suivez la série des jardins qui sont au bas de Lassègues. Arrivé au bout de la rue Laroumette, tournez à gauche, traversez le Saleys, tombez sur l'hôtel Beauséjour, longez la petite ruelle parallèle à la grande rue, et, toujours par derrière les maisons ; allez droit au viaduc du chemin de fer. De là, tournez à l'usine par le parc du casino, le magasin au bois, le quartier du Roy et rejoignez l'abattoir d'ou vous étiez parti.

Les constructions actuelles enfermées dans ce cercle, ont disparu. Tout cet espace est aujourd'hui un vaste cirque, où les bandes vertes des pelouses alternent avec les bandes jaunes des allées. Un cours d'eau qui parait beaucoup plus considérable que l'ancien Saleys, le partage en deux parties inégales mais symétriques. Ce cours d'eau fortement encaissé n'est arrêté par aucune digue ni aucun barrage. Aussi ne voit-on dans son lit, ni ordures, ni bouches dégoûts. Ses ondes s'écoulent vives et limpides, réflétant dans leur cristal, la triple rangée d'érables, de tilleuls et de marronniers qui forment, sur chacun des bords, un triple rideau de verdure.

Sur la rive gauche, à l'endroit qui était autrefois le Bayàa, s'élève l'Établissement thermal. C'est un grand carré long bâti sur la source même. Il n'a pas un caractère architectural très-prononcé, mais il paraît très bien aménagé, et les cabines disposées à droite et à gauche des immenses couloirs qui font le tour de l'établissement, sont en nombre très-considérable. Le centre du carré est occupé par la fontaine. Elle est découverte et entourée d'une haute grille en fer, qui supporte un toît transparent, comme on en voit dans certaines grandes gares. Tout autour de la fontaine, entre la grille et le corps du bâtiment, règnent de vastes promenoirs à arcades, où l'air se trouve continuellement agité et renouvelé par un système de ventilateurs très-ingénieux.

En face de l'Établissement, sur la rive droite, se trouve une autre grande construction, qui m'a paru être le Casino. Les deux édifices sont reliés par un pont métallique à haut tablier. Deux autres ponts en pierre établis à égale distance, en aval et en amont du premier, servent encore à faire communiquer les deux rives. A part l'établissement et le Casino, nulle habitation particulière ne se voit dans l'enceinte de ce cercle. Quelques constructions légères semblent bien poindre çà et là, à travers les arbres, et derrière les massifs, mais ce sont probablement des kiosques ou les logements des employés. Je ne serais pas non plus étonné, que l'usine à sel fut restée à la même place : car j'ai cru voir confusément une haute cheminée élever, à cet endroit, son tuyau enfumé : et d'autre part, je suis convaincu qu'il n'y a pas trace de chaudière à sel dans l'établissement.

La ville se trouve divisée en deux parties bien distinctes.

VILLE DES HABITANTS

La partie qui paraît affectée aux gens du pays, s'étend dans la petite plaine comprise entre la place du marché au bétail, la route de Sauveterre, les côteaux et le Camou. Les hauteurs de St-Martin sont reliées au groupe de manière à former comme une ville haute dominant la basse ville couchée à ses pieds.

Les rues sont larges et tirées au cordeau : les maisons pour la plupart simples et peu élevées, mais blanches et bien entretenues, sont toutes bâties selon les exigences de l'hygiène la plus sévère. De temps en temps, des bouquets d'arbres viennent couper la monotone des bâtisses et forment, au milieu de petites places, des squares charmants remplis d'enfants très propres qui s'amusent sans insulter personne, et de promeneurs graves qui ont l'air de s'entretenir en français.

Les édifices publics sont grandioses. L'Hôtel-de-Ville, au centre, est complètement isolé des autres bâtiments et entouré d'une grande place, sur laquelle on voit des militaires faire l'exercice. Car Salies possède une garnison. — C'est aujourd'hui une ville de 15 à 20 mille âmes. On distingue, sur les crêtes des côteaux, des constructions qui ont toute l'apparence de travaux du génie militaire. Le pain de sucre de Lassègues est transformé en une magnifique caserne fortifiée, où l'on arrive par des chemins couverts serpentant sur les glacis entrecoupés de redans et de courtines. Deux belles églises gothiques, un temple protestant Roman et un assez joli théâtre Renaissance, complètent la série des édifices publics.

J'oubliais de dire que, devant l'Hôtel-de-Ville, mes yeux se fixèrent avec curiosité sur le drapeau qui flotte à son fronton. C'est toujours nos trois glorieuses couleurs nationales. Mais en vain ai-je essayé de lire les diverses inscriptions, qui auraient pu m'apprendre sous quel régime politique on y vit. Les lentilles de la lanterne n'étaient pas assez puissantes pour me le permettre.

VILLE DES BAIGNEURS

Passons au second quartier de la ville. Il est complétement séparé du premier, et à une assez grande distance, comme vous allez en juger.

Partez du Viaduc du chemin de fer. Montez la côte du cimetière, lequel bien entendu a disparu de là, et arrivez jusqu'au haut du Martinàa. Suivez, pendant près d'un kilomètré, l'ancienne route de Puyôo. De là, tournez à droite, pour tomber sur la nouvelle route de Puyôo, traversez-la ainsi que la voie ferrée, au point où s'efface le talus d'approche du tunnel. Marchez droit sur la route d'Orthez que vous traversez à hauteur du quartier Coüpe-Gorge, pour vous arrêter au Saleys. Suivez la rive droite du Saleys, jusqu'à ce que, arrivé en face du parc Beaulieu, vous y marchez dessus pour clore là votre circuit.

Le parcours est un peu long et très accidenté, par conséquent les lignes que je donne ne doivent pas être prises dans toute leur rigueur. C'est une indication à vol d'oiseau où du reste un peu d'indécision ne peut porter le moindre préjudice.

Tout l'espace compris entre les lignes que nous venons de tracer et, plutôt plus que moins, est occupé par de fraîches et élégantes constructions, bâties sans alignement ni plan d'ensemble, un peu au hasard des sites. Chacune de ces habitations est entourée d'un petit enclos, qui l'isole de sa voisine. C'est, en un mot, un raccourci, ou peut-être un extension de la ville d'hiver d'Arcachon, moins les pins et les falaises, qui sont du reste avantageusement remplacés par des plantations variées et les côteaux qui s'étalent en amphithéâtre. Partout de la végétation, partout des espaces ouverts, dégagés, remplis de soleil et d'aération. Au lieu de faire disparaître les ondulations du terrain, on a au contraire cherché à les accentuer. Il y a des villas majestueusement assises sur des mamelons ; d'autres coquettement accrochées aux flancs de minuscules collines ; quelques-unes discrètement cachées dans de petits vallons. Mais, quoique si diversement arrangées, toutes se suivent cependant avec grâce, comme des traînées de bouquets sur un tapis de verdure.

Par exemple, je n'y ai pas vu un seul hôtel : ou bien il faut dire que les constructions qui en tiennent la place, ont affecté la forme de villas. Nulle part on ne voit de ces amoncellement de pierre de taille, à la hauteur de cinq à six étages, où s'engouffrent des centaines d'individus, comme des frêlons dans le creux d'un vieux chêne. Les maisons sont relativement petites. Une, deux, trois familles au plus les remplissent. Souvent ce sont de petits chalets, mais de vrais chalets suisses qui émergent comme des nids d'oiseaux au milieu du feuillage.

LES BOULEVARDS

Dans tout ce quartier, il n'y a de vraiment nivelé que la partie qui se trouve le long de la route nationale d'Orthez. Là encore point de rues, à proprement parler ; toujours des successions de villas et de châlets, avec bosquets, labyrinthes et jardins anglais. C'est à cet endroit que la ville des baigneurs paraît s'être donné le plus grand développement. Une interminable rangée d'arbres sur des chaussées bien sablées, en fait un vrai boulevard s'étendant à perte de vue vers Bérenx.

Ce boulevard se bifurque au point d'intersection de la route de Puyôo et de celle d'Orthez, pour conduire à un vaste plateau, en dessus du Martinàa, d'où la vue s'étend sur plusieurs plans successifs de la chaîne Pyrénéenne et, tout au loin à l'horizon, sur les hautes dentelures des pics qui s'estompent au ciel de l'Espagne. De ce plateau, le boulevard descend le long de l'ancienne route de Puyôo, jetant à droite et à gauche de petites ramifications, et tombe sur la route de Peyrehorade. Là, il semble obliquer à droite, le long de cette voie, mais sa continuation vraie se trouve en passant à gauche sous le Viaduc. Il suit la route de la gare, longe la voie et va rejoindre une promenade qui court sur le front de la ville basse ; il tourne au pied de Lassègues, et se relie enfin par un coude circulaire, au boulevard de la route d'Orthez.

LE TRAMWAY

Le château des anciens ducs du Périgord est encore à sa place, ainsi que les autres constructions engagées sur le penchant du petit côteau où il est bâti. L'aspect des lieux n'a guère changé à ce point. Mais au pied du monticule, sur le terrain compris entre l'ancienne Eglise de St-Vincent et le Viaduc, se trouve un grand bâtiment très-bas qui m'a intrigué pendant longtemps. On y voit une infinité de petites voitures d'une forme particulière. J'ai dû à la fin supposer que c'était l'embarcadère ou l'un des embarcadères du tramway dont j'ai oublié de parler.

Il existe en effet, sur tout le parcours des boulevards tant intérieurs qu'extérieurs, une ligne non interrompue de voie ferrée continuellement sillonnée par des trains qui offrent cette particularité, qu'on n'y voit ni chevaux ni locomotives. Chaque train est composé de cinq voitures excessivement basses. Leur plate-forme n'a pas plus de 50 centimètres au-dessus du sol, ce qui permet d'y monter et d'en descendre avec la plus grande facilité, et sans marchepied intermédiaire. On se demande comment tout cela peut, sans moteur apparent, se mouvoir avec tant de précision. Car elles partent et s'arrêtent instantanément ; et de plus, jamais il n'y a de déraillement. Je n'ose pas l'assurer, mais il me semblait que les roues étaient dentelées et les rails en forme de crémaillère, de façon à composer entre les deux, un engrenage qui devait en effet rendre les accidents impossibles ou très rares. Pour moi, qui n'entends rien en mécanique, tout cela était mystère. Je voyais bien, tous les cent mètres à peu près, à côté des rails, s'élever une colonne de métal surmontée d'un reverbère à miroir réflecteur. Y aurait-il quelque relation entre les rails et ces colonnes ? Ces dernières renfermaient-elles quelque appareil mettant en jeu un nouvel agent moteur analogue à l'électricité ou l'électricité elle-même ? Cet agent servirait-il simultanément à la traction des voitures et à l'alimentation des reverbères, pour l'éclairage de la ville ? Je ne saurais le dire. Au surplus ce détail importe peu.

Plus tard, nous mettrons peut-être à contribution la machine de mon ami, pour satisfaire, sur ce sujet et sur bien d'autres, de légitimes curiosités. Que de choses intéressantes ne pourrait-on pas voir dans cette lucarne ; par exemple, sur les changements et les transformations survenues, en 500 ans, dans les diverses générations des familles existantes ! Pour le moment il suffit que nous ayions donné une idée générale d'un panorama dont les détails ont dû forcément m'échapper.

De toute cette fantasmagorie, dont je serais le premier à rire, si elle était racontée par un autre, on pourra certainement ne garder que ce que l'on garde d'un conte bleu. Mais les plus incrédules seront pourtant forcés de dire, ce que je disais moi-même, en décollant mon visage de la lunette ensorcelée : « Se non è vero, è bene trovato ».

LES EAUX MINÉRALES

On appelle *Eaux minérales*, les eaux qui, dans leur parcours à travers les couches terrestres, ont dissous et se sont assimilé une partie notable de substances étrangères, solides ou gazeuses, qu'elles conservent à leur sortie de terre intimement liées à leur essence.

Toutes les eaux courantes contiennent plus ou moins de ces substances étrangères : il n'y a que l'eau de pluie et l'eau artificiellement distillée, qui en soient à peu près dépourvues. Mais on ne donne le nom d'eaux minérales qu'à celles qui en renferment une quantité assez grande, pour leur donner des propriétés particulières et bienfaisantes, s'exerçant diversement sur les organes du corps humain, selon la nature des éléments qu'elles détiennent.

Ainsi les eaux minérales qui contiennent du fer s'appellent *Eaux ferrugineuses*. Elles sont dites *toniques*, c'est-à-dire qu'elles ont la propriété d'exciter lentement les divers systèmes de l'économie animale, et spécialement le système *digestif*. On les ordonne aux personnes faibles et digérant mal. Les eaux qui contiennent du soufre se nomment *sulfureuses*, et conviennent aux personnes atteintes de rhumatismes et de maladies de la peau.

Quand les eaux minérales ont, à leur sortie de terre, une certaine élévation de température — 20 à 25 degrés centigrades — on les appelle *thermales*, en langage vulgaire *eaux-chaudes*. Il ne sera pas ici question de ces dernières, attendu qu'elles n'existent pas à Salies, et que d'ailleurs le degré thermométrique, qu'on obtient en définitive par le chauffage, s'il n'existe pas naturellement, ne change rien à la composition ni aux propriétés de l'eau.

L'application des eaux minérales au corps humain se fait de deux manières : par usage *externe*, bains, douches etc. ; et par usage *interne*, boissson, inhalation. — En général les eaux applicables par usage interne, le sont aussi par usage externe. Mais il y a des eaux qui, très-salutaires en bains, ne peuvent être utilisées comme boisson : c'est le cas des eaux de Salies qui ne peuvent pas plus se boire que les eaux de la mer.

UN PEU D'HYDROLOGIE

Comment se produisent les eaux minérales ? Nous devrions déjà le comprendre, par la définition que nous en avons donnée plus haut. Toutefois il ne sera pas hors de propos, de réunir ici quelques notions de géologie hydrologique, qui nous aideront à comprendre ce qui suit, comme les notions anatomiques nous ont fait comprendre ce qui précède.

Toutes les eaux qui se montrent à la surface de la terre, et celles, peut-être aussi considérables qui circulent ou stationnent dans son sein, viennent de la mer. Ces gigantesques bassins qui, sous les noms divers d'Océan, de Méditerranée etc., couvrent les deux tiers de notre globe, envoient continuellement au-dessus de leur surface, des vapeurs d'abord invisibles, qui s'élèvent dans l'atmosphère et y forment, par condensation, des masses

visibles appelées *nuages*. Les nuages, quand ils sont
arrivés à certaines proportions, réagissent entr'eux, et,
sous l'influence d'agents aériens encore imparfaitement
connus et qu'on désigne sous le nom générique d'*électricité atmosphérique*, viennent à être animés d'un
double mouvement d'attraction et de répulsion qui produit des courants en sens divers, sillonnant l'atmosphère.
Ces courants sont quelquefois assez forts, pour pousser
les masses nuageuses jusqu'au-dessus des terres, à des
distances immenses, et à communiquer à l'atmosphère
des continents la perturbation dont ils portent le ferment.

Alors les vapeurs invisibles qui se tiennent également
en suspension au-dessus des terres, par l'évaporation
continuelle du sol, se condensent à leur tour, et forment
de nouveaux nuages. Et enfin quand, à force d'accu-
mulation, ces masses sont devenues plus pesantes que
l'air, celui-ci ne peut plus les soutenir et elles tombent
sous forme de pluie, de grêle, de neige, suivant l'état
de la partie de l'atmosphère où se fait la condensation.

Arrivées à la surface de la terre, les eaux pluviales,
surtout quand elles tombent par averses, s'écoulent en
grande partie sur le moment même, en suivant l'inclinaison du terrain. Elles se réunissent dans le pli le plus
voisin où deux versants se rencontrent : là, elles coulent
ensemble jusqu'au plus proche ruisseau, qui court les
jeter dans la rivière, la rivière dans le fleuve, le fleuve
dans la mer. Mais, si la plus grande partie de l'eau que
les nuages enlèvent à la mer, lui est très vite restituée
par les ruisseaux, les rivières et les fleuves, il en est
une partie qui n'y revient pas sitôt, si jamais elle y
retourne. C'est cette portion des eaux pluviales qui va
remplir les réservoirs souterrains destinés à alimenter les
sources, les puits et les fontaines. Voici comment :

UN PEU DE GÉOLOGIE

La terre, du moins dans son enveloppe supérieure, est composée de couches superposées de matières très-différentes. En premier lieu, on trouve la terre végétale, dont l'épaisseur varie selon les lieux, mais qui, généralement, ne dépasse guère 50 centimètres. Après la terre végétale, viennent successivement, et dans un ordre souvent interverti, des couches de terre glaise, de gravier, de sable, de pierre, d'argile etc. — Parmi ces diverses couches, il y en a qui laissent facilement passer l'eau à travers leur épaisseur, comme la terre végétale, les graviers et les sables : pour cette raison on les appelle *couches perméables*. D'autres au contraire, l'arrêtent et l'empêchent de descendre plus bas, comme l'argile : ce sont les *couches imperméables*.

Il est à remarquer que ces couches sont toujours disposées dans un plan concentrique et parallèle entr'elles ; à tel point que lorsqu'on voit à la surface deux plans inclinés se couper, pour former un canal naturel, on peut dire, sans crainte de se tromper, que toutes les autres couches inférieures font, à ce même endroit, la même inflexion et reproduisent le même angle. L'intersection de ces deux plans s'appelle *talwech*, en géologie. On se tromperait cependant, si on croyait que les couches terrestres affectent invariablement une position horizontale. Par suite de perturbations que nous n'avons pas à étudier ici, elles se trouvent faire quelquefois, avec l'horizon, des angles très-prononcés, se rapprochant même de la verticale. Mais leur parellélisme n'en est pas pour cela dérangé ; si une couche s'est inclinée toutes les autres l'ont suivie.

´FORMAITON DES SOURCES ET RÉSERVOIRS

Cela posé, suivons la marche des eaux pluviales qui s'enfoncent dans le sol.

La couche de terre végétale est facilement traversée, parce qu'elle est essentiellement perméable. Seulement l'eau pénètre dans son intérieur, par mode d'humectation : Quand le sol a absorbé de l'eau jusqu'au point de saturation, ce qui demande un certain temps, alors elle filtre sur la couche inférieure. Si cette seconde couche est, par exemple comme cela arrive souvent, une espèce de terre glaise mélangée de gravier et de sable siliceux, l'eau passe encore sans grande difficulté. Mais quand enfin, après avoir traversé toutes les couches perméables, elle arrive sur un fond d'argile pure stratifiée, comme cette matière est de sa nature imperméable, l'eau est arrêtée dans sa course descendante et obligée de s'étendre sur cette couche, qu'elle suivra, dans son inclinaison, jusqu'au plus proche talwech.

Cette eau d'infiltration se conduit alors à la profondeur où elle est descendue, absolument comme se conduisent les eaux qui coulent à découvert, à la surface de la terre, avec cette différence, que les eaux souterraines sont le plus souvent en petite quantité. Ce sont quelquefois des stillations, des suintements à peine sensibles. Mais, comme les petits filets sont innombrables, que chaque couche et portion de couche fournit sa petite veine, il en résulte à

‚la fin par leur réunion, un courant parfois très abondant, lequel venant à reparaître au dessus du sol, par un de ces accidents de terrain très-fréquents dans la nature, produit une source, une fontaine, un ruisseau ou même une rivière.

Le plus souvent pourtant, ces eaux, au lieu de reparaître au jour, restent enfermées dans les entrailles de la terre, pour y former, les unes des nappes fixes qui sont le principe de ce que l'on appelle les *puits artésiens* ou fontaines jaillissantes, les autres des cours d'eau souterrains qui, en suivant l'inclinaison des couches, s'en vont directement verser leurs eaux dans la mer. Il y a même des géologues qui supposent, dans les profondeurs du globe, d'immenses excavations ou s'emmagasinent les eaux d'infiltration, pour former des véritables mers, intérieures.

MINÉRALISATION DES EAUX

Il ne reste plus qu'un mot à dire, pour expliquer et faire comprendre comment l'eau devient minérale.

Les couches de la terre renferment, dans leurs divisions, comme un livre entre ses feuillets, une quantité considérable de minéraux, sous diverses formes et dans des combinaisons variées. Dès lors le moins versé dans les sciences naturelles, pourra aisément se faire une idée de ce qui se passe. — L'eau parvenant, pour ainsi dire goutte à goutte, sur des matières avec lesquelles elle a de l'affinité, et restant longtemps en contact avec elles, s'en assimile une quantité plus ou moins notable, soit par dissolution soit par combinaison. Nous en avons un exemple dans l'eau salée de Salies. Il existe à une quarantaine de mètres au-dessous du sol une couche très-épaisse de sel minéralisé, qu'on appelle *sel gemme*. Les eaux qui arrivent à cette profondeur stationnent sur ce fond, dissolvent le sel, s'en saturent et le rendent ensuite quand on fait évaporer l'eau dans la chaudière.

REVENONS A SALIES

Il s'agit à présent de savoir si nous trouverons quelque part, dans le territoire de Salies, d'abord des sources d'eau à boire de bonne qualité, et puis au besoin des sources d'eau minérale. Si la race des sangliers n'était pas éteinte dans le pays, .on pourrait employer ces intéressants animaux à ces recherches, comme au Périgord on se sert de leurs cousins pour déterrer ce précieux tubercule, appelé la *truffe*. Salies s'en est bien trouvé une première fois. Mais, cette fois-ci, force nous est d'employer d'autres moyens. Voilà pourquoi nous nous sommes entourés des renseignements scientifiques qui précèdent et que beaucoup, sans doute, traiteront de hors-d'œuvres. Commençons donc notre ouvrage, sans faire plus d'attention aux saillies des sots, qu'aux sottises des gens d'esprit.

D'abord point n'est nécessaire d'insister, pour faire comprendre que ce n'est pas dans le cul-de-sac de Salies que nous devons porter nos recherches. S'il est clair, en effet, que là doivent nécessairement aboutir tous les talwechs des versants circonvoisins, et que par conséquent l'eau ne doit pas y manquer, il est tout aussi évident que cette eau sera de la nature la plus détestable. Le réservoir qui la renferme doit être continuellement sali par les infiltrations de toute sorte, provenant de la surface qui, on en conviendra facilement, doit parfois distiller autre chose que de l'eau de rose. Assurément cela n'a guère d'inconvénient quand il s'agit de l'eau à faire le sel ou les bains, mais pour l'eau à boire, c'est bieu différent.

Il faut donc porter nos recherches ailleurs, et, naturellement, du côté où doit se produire, dans un avenir plus ou moins éloigné, le développement probable de Salies. Les plateaux dominant la rive droite du Saleys, en face et un peu en amont de la ville, entre la vieille route de Puyôo et la route nationale d'Orthez, paraissent réunir à tous les points de vue, les meilleures conditions topographiques. Car :

1° Ces plateaux sont au midi, en vue des Pyrénées, bien abrités du nord.

2° Ils occupent une altitude très convenable pour échapper aux émanations des bas-fonds et à l'air vif de la crête. L'ouest y envoie sa brise, et l'est, l'air précieux des bois.

3° Ils offrent une étendue très considérable sur des rampes insensibles.

Il est au reste très-facile de se rendre compte de la composition géologique de cette zône, parce qu'il s'y est fait, en plusieurs endroits, de fortes coupures de terrain.

On remarque tout de suite, que la stratification des couches y est très-régulière, en ce sens qu'on n'y rencontre pas, comme en certains endroits, des fentes perpendiculaires, qui laissent les eaux filtrer indéfiniment vers le bas, et les rendent insaisissables. Les couches imperméables le sont dans toute leur étendue. De plus la composition des couches est telle que, dans la partie inférieure des versants, on trouve presque partout, après deux mètres ou trois de terrain perméable, des bancs alternés de solide argile et de pierre siliceuse.

De là il ce résulte : 1° Qu'il est très facile d'arriver, sans beaucoup de travail, à la nappe des eaux qui se recueillent dans ces terrains. 2° Que leur captation n'entraînerait que peu de frais, qu'on la pratique par des puisards ou par des tranchées. 3° Enfin, étant donnée la hauteur du point de départ, qu'on pourrait les faire déboucher en Ville, -de manière à les faire jaillir ou remonter au sommet des édifices les plus élevés. D'un autre côté l'étendue de ces versants étant très-considérable, on est sûr de trouver, à certains points déterminés par les règles de l'hydroscopie, toute l'eau nécessaire à Salies.

L'EAU FERRUGINEUSE A SALIES

Mais ce n'est pas seulement la quantité d'eau filtrée sur ces terrains qui est remarquable, c'est aussi et surtout sa qualité. Elle est minéralisée à très-forte dose. Il ne peut en être autrement ; car les couches perméables que nous avons examinées contiennent beaucoup de fer. Ce sable rougeâtre mélangé de petits cailloux siliceux qu'on y rencontre à chaque pas, est en grande partie de l'oxyde de fer communément appelé *rouille de fer*. L'argile de ces cantons elle-même en contient une quantité notable. Pour s'en convaincre, il n'y a qu'observer la couleur des briques qui s'y confectionnent. Elles sont d'un rouge foncé, or ce rouge qui s'obtient par la cuisson de l'agile est dû au fer qui, sous l'action du feu, s'unit chimiquement à l'alumine et produit cette coloration.

Outre le fer, l'eau de ces quartiers doit encore contenir de l'acide carbonique, car une partie des bancs pierreux qu'elle traverse sont des carbonates, lesquels, sous l'action incessante de la stillation des eaux, cèdent facilement une partie de leur acide carbonique. De plus, les bancs argileux sur lesquels coule l'eau, dégagent eux-mêmes beaucoup de ces gaz, puisqu'une chandelle s'éteint rapidement à l'entrée d'une excavation faite dans un massif d'argile. Or chacun sait que l'acide carbonique, si funeste pour la respiration, est au contraire bienfaisant quand il est dissous dans les liquides.

De fait, l'eau que l'on trouve dans divers endroits de la route d'Orthez est remarquable pour sa légèreté et la facilité avec laquelle on la digère. C'est à ce point que viennent aboutir les talwechs de tous ces plateaux dont nous parlons. On peut dont être certain de trouver, le long de cette vallée, de l'excellente eau très-digestive contenant du fer, de l'acide carbonique et d'autres principes bienfaisants, comme, par exemple, l'iode dont la présence a été constatée dans quelques parages. Je ne serais pas étonné qu'on y rencontrât même de l'eau sulfureuse. L'argile de ces quartiers renferme de l'acide sulphydrique combiné : or il est reconnu que ce gaz est précisément le principe minéralisateur des eaux sulfureuses. Car le soufre ne se trouve à l'état natif qu'aux environs des volcans. Toutes les eaux sulfureuses qu'on rencontre ailleurs doivent leur minéralisation à des compositions binaires du soufre, dont plusieurs sont solubles dans l'eau.

Il y aurait encore beaucoup de choses utiles à dire sur cette question des eaux minérales, qui doit intéresser, au plus haut point, les localités qui tiennent à établir leur réputation de station thermale. Mais ce que nous avons dit suffira pour prouver ce que nous avons avancé, à savoir : — Qu'à Salies, on peut avoir non-seulement de la très-bonne eau à boire en abondance, mais encore de véritables eaux minérales très-toniques.

Rien donc ne serait plus facile — si on le voulait — que de donner satisfaction aux étrangers qui, tous, se plaignent de n'y trouver de l'eau que pour se baigner, quand ils savent que c'est surtout sous forme de boisson que l'eau produit ses effets les plus décisifs.

Baigneurs, demandez de l'eau ferrugineuse : il y en a d'excellente à Salies. Si surtout vous êtes atteint d'anémie, souvenez-vous que *rien* ne vaut cette boisson pour rendre à votre sang le degré voulu de globules dont l'absence l'appauvrit et vous débilite.

RÉSUMONS-NOUS

Nous allons présenter ici le résumé des principaux conseils répandus dans le cours du *Petit Guide-Conseiller*. Nous y ajouterons, pour que rien n'y manque, la liste des distractions et des curiosités qu'on peut trouver à Salies.

LE LOGEMENT

Logez-vous dans un endroit qui ait le plus d'air possible. — De préférence dans une maison isolée des autres. — Evitez, si vous le pouvez celles qui sont dans le cul-de-sac. L'air y est rare, souvent vicié ; très-chaud en été, très humide en hiver. Ne craignez pas, pour trouver un endroit sain, de loger à certaine distance de l'Etablissement, même à la campagne. Un peu d'exercice pour se rendre au bain est chose salutaire : les pores se dilatent et les tissus du corps se préparent à mieux recevoir les influences de l'eau.

Si vous êtes obligé de loger dans un hôtel, que ce soit au moins dans les étages supérieurs. L'air du rez-de-chaussée et des chambres inférieures, supportable pour quelqu'un qui se porte bien et n'y loge qu'en passant, y est détestable pour les constitutions faibles qui doivent y séjourner longtemps.

Quand on ne connaît pas Salies, le meilleur moyen de juger les choses par soi-même, c'est de descendre provisoirement dans un hôtel. De là il est facile d'aller faire son choix.

ALIMENTATION

Vous suivez le régime prescrit par votre médecin qui l'adaptera à votre constitution et à votre état de santé. Mais surveillez avec soin l'eau qu'on vous donne à boire. — Partout où il y aura un grand rassemblement de monde, on vous donnera *peut-être* de bon vin, mais *bien sûr* de la mauvaise eau. — Pendant l'été, il est très-difficile, pour ne pas dire impossible, d'en fournir de bonne en grande quantité. — Il y a, dans la banlieue, de très bonnes fontaines particulières ; quelques-unes sont minérales. Tâchez de vous en procurer pour votre usage personnel, mais non pas par les employés de la maison.

Le mieux serait d'être logé dans un endroit où il y eut une bonne source.

BAINS

Vous les faites doser et régler par votre médecin. — Ayez votre linge à vous : c'est économique et plus sûr. —

Donnez un suffisant pourboire à votre préposé de cabine, pour qu'il donne, *chaque fois, sous vos yeux*, une rincée supplémentaire à la baignoire qui doit vous servir. — Faites vous donner la veille l'heure de votre bain du lendemain. — N'arrivez jamais plus de cinq minutes à l'avance, — si vous devez attendre, stationnez dehors.

PROMENADES HYGIÉNIQUES

Les promenades vous seront surtout nécessaires si vous êtes logé dans la ville basse. Si de plus c'est dans un hôtel, vous devrez être presque continuellement dehors. — Les promenades à travers les rues de la ville devront être rares : vous en verrez vite la raison. — Evitez surtout les environs du Saleys. Pendant l'été il est presque à sec et dégage alors des *miasmes fétides*.

La route de Sauveterre est fraîche et saine. — La route de Peyrehorade est agréable et bonne pendant le jour : mais il ne faut pas s'y attarder : à l'entrée de la nuit il vaut mieux être ailleurs. — Par exemple, non pas au Jardin public : on y trouve rarement du bon air après le coucher du soleil. — La meilleure promenade, la plus saine comme la plus agréable, pendant le jour comme à l'entrée de la nuit, est sur la route d'Orthez. Il y a là toujours du bon air : on y reçoit en plein, l'air vivifiant des bois, et on y est à plusieurs mètres au-dessus du niveau de Salies. — Il est à regretter que ce quartier soit si dépourvu d'habitations propres à loger les étrangers.

DISTRACTIONS ET CURIOSITÉS

Elles sont rares à Salies, les unes comme les autres. Depuis quelque temps on y a établi des courses dites *Landaises*. — C'est une espèce de course aux taureaux, à la différence que les taureaux, ici, sont des vaches ; — on peut y assister sans inconvénient : il n'y a jamais effusion de sang ni chez les hommes ni chez les bêtes. — La course landaise a un double aspect : souvent on décide l'animal à courir après l'homme, mais quand la corde casse, c'est l'homme qui doit courir après l'animal. — On y organise quelques concours de vélocipèdes, des courses aux ânes, des courses aux sacs, etc.

Les sociétés chorales et philharmoniques qui sont remarquables, se font quelquefois entendre — on aime beaucoup la musique à Salies — on y chante en parlant.

Les amateurs de peinture et de sculpture y trouveront des types curieux comme tête et costume. Il y a aussi quelque chose pour les paysagistes : certains pignons de vieilles maisons, certaines ruelles des vieux âges orneront les cartons d'un collectionneur de pittoresque. Je recommande surtout les groupes de *spadrilleros* ou fabricants de sandales, travaillant par escouades de dix à douze assis, en pleine rue, sur leurs chevaux de bois. Ce serait le modèle le plus *nature* d'un atelier en plein vent.

Les amateurs de céramique pourront pétrir de la terre, route d'Orthez où il y a une fabrique de bonshommes rôtis et de fleurs cuites.

Ne soyez pas étonné que nous ne disions rien du Casino. Il y en a pourtant un. Mais ce soi-disant Casino est, tantôt bureau de l'octroi, tantôt magasin de plâtre et de chaux, tantôt atelier de photographie. Il n'est vraiment un peu Casino que quand Guignol vient faire sauter ses polichinelles devant ses vitres de papier. Au reste ses régisseurs qui changent tous les ans, partent toujours. sans laisser leur adresse : ce qui fait qu'il est très-difficile de se procurer les renseignements nécessaires pour lui faire un peu de réclame. — Pour nous rattraper, disons qu'il y a une buvette. C'est l'établissement le mieux *tenu* de la ville.

Somme toute, on voit, sans qu'il soit besoin de le dire, que les personnes qui ne pourront pas se passer d'émotions feront bien d'emporter leur Loto.

ÉPILOGUE

Quel est donc l'auteur de cet affreux opuscule qui a la prétention de s'appeler *Guide-Conseiller des baigneurs?* Est-ce un salisien ? Est-ce un étranger ? Es-ce un médecin ? Est-ce un malade ? Un salisien n'aurait jamais écrit de pareilles énormités. On ne se donne pas à soi-même des coups de trique.... à moins que cependant.... Bah! non! Ça doit être un étranger.

Mais cet étranger, est-ce un médecin ? On dirait qu'il cherche à le faire croire avec son jargon en *ique.* Je n'entends pas grand chose à son patois, mais j'imagine que ça doit être tout plein de bêtises. Sa science est un trompe-l'œil. Et puis, que signifie ce pot-pourri de tous les genres, de tous les styles. Tantôt c'est la doctorale emphase du magister à queue de morue et perruque enfarinée, tantôt le ricanement du saute-ruisseau, les bourdes du paillasse. — Et cette lanterne magique, qu'en dites-vous ? Ah ! c'est bien là qu'il montre le bout de l'oreille. Il n'y a pas plus de sérieux chez lui que chez le montreur d'ombres chinoises qui court les foires.

Tiens ! à propos ! Il a manqué une belle occasion de faire le savant. Il y a de tout dans cette *olla-podrida,* excepté du latin, la langue des pédants. Il ne doit pas sans doute le connaître puisqu'il n'y a pas fourré ce bout de phrase, qui eut au moins atténué un peu son débraillé :

> .... ridendo dicere verum
> Quid vetat...................

Comme il se fut rengorgé devant cette citation en *us !*

Pour nous, les ignorants, il n'eut pas manqué de traduire, avec sa morgue poétique :

Je puis bien, en riant, dire des vérités.

Mais j'y pense... Si tout ce charabias était fait exprès !... pour dépister !... pour mieux se cacher !... on est si malin de nos jours ! Il y a de la rouerie à la première, à la deuxième à la troisième puissance, tout comme en algèbre. Vous avez de l'esprit ? Crac ! vous faites la bête... Je suis un sot ? V'lan je jette partout de la poudre aux yeux : bien entendu de la poudre inventée par les autres. Allez donc vous y reconnaître dans ce méli-mêlo de cartes ! C'est égal, ça se saura bien. Tout se sait.

Enfin qu'est-ce qu'il veut ? Faire fuir les étrangers ? C'est bien là une mauvaise action. Heureusement qu'ils auront autre chose à faire que de lire ces balivernes. Il faut pourtant percer ce mystère. Voyons ! raisonnons serré. Si cet étranger n'est pas un médecin, ça doit être un malade... un malade dépité, qui n'a pu guérir. C'est peut-être un fou, un monomane ! C'est ça ! il a la manie de la persécution : il croit que tout le monde veut l'empoissonner. Il voit du poison dans l'eau, dans l'air, dans les baignoires... il serre son mouchoir aux dents quand il passe dans une rue qui ne sent pas l'ambroisie... un fou ! quoi !...

Pourtant il a dit des vérités... Hé bien! je jette ma langue au chat !... N'en parlons plus. Il n'est ni malade ni médecin, ni étranger ni salisien, ni fou, ni sage. Mais ce qu'il est bien sûr.... c'est un poltron. Il n'a pas osé signer son livre. Car le nom qu'il y a mis n'est pas plus le sien que Prudhomme le mien.

Bien parlé ! pour quelqu'un qui ne s'appelle pas Prudhomme.

Mais dites donc, l'ami ! Vous qui certainement êtes un brave, j'espère que vous n'en resterez pas là ?. Croyez-moi il faut pourfendre ce lâche. Vengez ce pauvre Salies si maltraité ! Vous connaissez le moyen ? Taillez fine votre plume du Dimanche. Ripostez haut et dru : que votre réplique soit concluante dans le fond, polie et courtoise dans la forme : évitez les moulins à vent et surtout les *charabias*. Mal ira si vous ne parvenez pas alors à voir le bout du nez de votre adversaire obligé de lever, sous les coups de votre bras vigoureux, la visière de son casque. Toutefois, avant de partir en guerre, vous ferez sagement de vous arrêter un brin à l'observation que voici :

Tout ce qu'a dit d'émoustillant cet affreux petit Guide a déjà été maintes fois répété par les étrangers ; non-seulement par les étrangers, mais par beaucoup de salisiens. Vous l'avez peut-être dit comme les autres, et bien certainement vous le pensez. Alors, savez-vous ce qu'il faut faire ? Regardez à nouveau, et cette fois avec des yeux moins courroucés, dans ce buisson qui vous effarouche. Au lieu de faire le saut du cheval ombrageux devant une feuille de chou, regardez-le en face, avec calme et sangfroid.

Vous verrez alors, je vous le jure, si vous n'êtes pas un sot — et vous ne l'êtes pas puisque vous êtes de Salies — vous verrez que, dans ma feuille de chou, comme je vous permets de l'appeler, il y a pour Salies beaucoup plus de bien que de mal. Qu'au lieu de faire fuir les étrangers, elle les fera au contraire arriver. Les étrangers, voyez-vous, aiment assez qu'on s'occupe d'eux autrement que pour les exploiter. Si vous êtes assez franc pour avouer le mal, assez courageux pour vouloir le remède, nul ne songera à vous adresser des reproches, on vous aidera peut-être à vous guérir. Et pour vous alors ce sera tout gain.

Ah ! j'en conviens, elle vous a dit votre fait, la feuille de chou. Elle y a même mis un peu de sans-façon. Mais est-ce une raison pour se fâcher ? Tenez, moi, je suis comme cela : quand un bon cœur me dit *tout cru* sur la place : — « *Vous avez un noir sur le nez.* » je cours vite me débarbouiller sans répondre autre chose que, merci !

Faites de même.

TABLE DES MATIÈRES

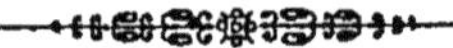

PAU. — IMP. A. MENETIÈRE

AVIS IMPORTANT

Il se prépare une seconde édition de ce Guide. Les propriétaires de Salies qui croient pouvoir offrir aux Etrangers des logements conformes aux indications de cette brochure et qui désireraient le faire connaître par son organe, pourront adresser leurs demandes à M. MENETIÈRE, imprimeur à Pau, rue des Cultivateurs, qui est chargé de les transmettre à l'auteur.

Ces insertions, dont la portée n'échappera à personne, puisqu'elles seront des réclames perpétuelles et directes, se paieront à raison de 5 francs la ligne.

Cet avis s'étend à toutes les personnes désirant profiter de la publicité spéciale de ce document.